Cristian Șerban

Claudia Șerban

Elefantul și Furnica

și alte povestiri cu tâlc

Ilustrație de Bianca V. Ionescu

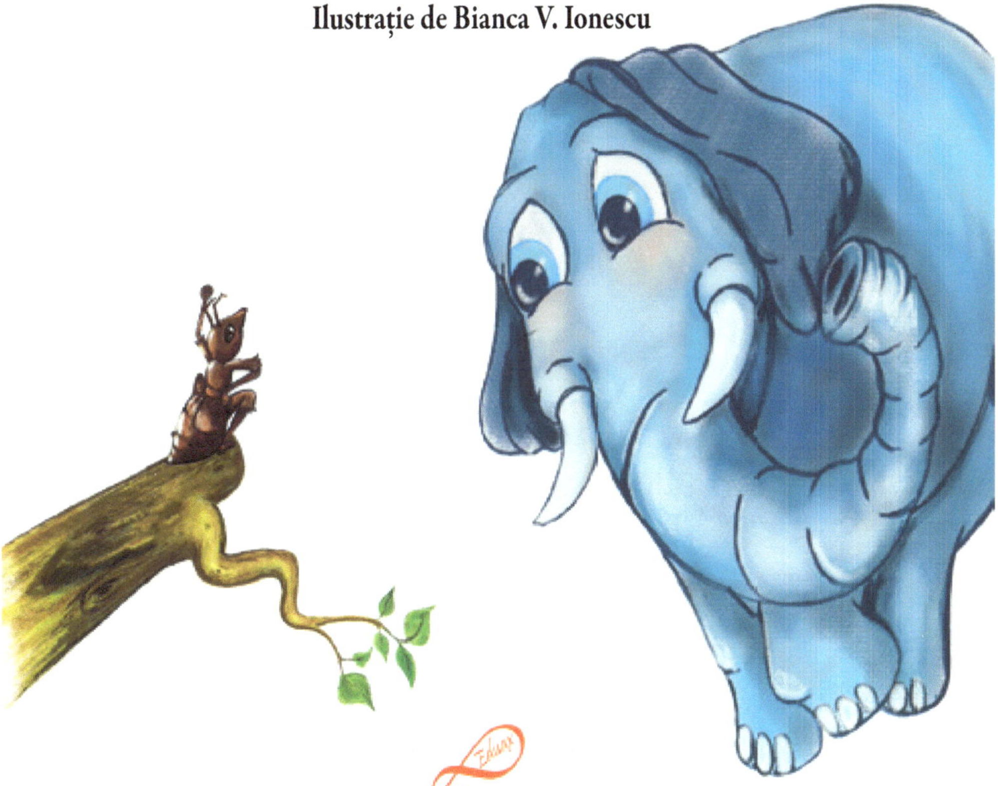

Editura Literar Eduax

Ploiești 2022

Colectiv redacțional:
Cristian Șerban – autor
Claudia Șerban – autor și corectură text
Cristian Mucileanu – tehnoredactare

Ilustrație copertă:
Bianca Ionescu

Comenzi la:
claudiaeditura@gmail.com
edituracarticopii@gmail.com

Copyright:
Nicio parte a acestei publicații nu poate fi reprodusă sau transmisă, în orice formă (mijloace audio-video, fotocopii, difuzare on-line), fără acordul scris al autorului.

Descrierea CIP a Bibliotecii Naţionale a României
ŞERBAN, CRISTIAN
Elefantul şi furnica şi alte povestiri cu tâlc / Cristian Şerban, Claudia Şerban ; il. de Bianca V. Ionescu. - Ploieşti : Literar Eduax, 2022
ISBN 978-606-95415-0-0
I. Şerban, Claudia
II. Şerban, Bianca V. (il.)
821.135.1

CUPRINS

Calul și catârul

Un fermier burtos, hazliu și destul de bogat avea în proprietatea sa un cal de rasă. Aproape cel mai frumos și mai puternic cal din întreg ținutul.

Fermierul îndrăgea calul ca pe propriul copil și îl răsfăța din cale afară. Stăpânul cel burtos a avut grijă ca animalul, pur sânge, să fie plimbat chiar și prin țări străine. Astfel că și-a trimis calul, cu un transport special, pentru o perioadă în Anglia.

Acolo, bidiviul a participat la cursuri de echitație și antrenamente de dresaj, alături de cai aparținând unor oameni de viță nobilă. Și desigur, calul căpătă apucături, dintre care unele cam nesănătoase, ca cele ale nobililor.

La întoarcerea din Anglia, nărăvașul cel ferchezuit a constatat că la ferma unde trăia, apăruse un catâr. Cu multă superioritate, nobilul patruped se adresă catârului:

- Desigur tu trebui să fii un măgar!

Catârul răspunse:

- Nu domnule! Sunt catâr!

- Îți spun eu sigur! Ești un măgar! insistă calul.

- Iar eu, la fel de sigur, îți spun că nu! răspunse catârul.

Calul zise din nou:

- Sigur ești măgar, degeaba încerci să mă convingi de altceva.

Catârul răspunse resemnat:

- Bine domnule! Este adevărat! Nu sunt catâr, sunt măgar. Dar nici dumneata nu ești prea departe. Ești nobil în intenții, iar după postură și mers pari școlit prin Anglia sau pe unde te-a dus stăpânul...Dar când vine vorba de fapte, de atitudine sau de maniere, îți spun eu prietene drag; nu ești decât un măgar desăvârșit.

Eu cunosc mândria ta şi inima ta cea rea (I Regi 17,28)

Iepurele și libertatea

Neastâmpărata gaiță s-a gândit să îl provoace pe bietul iepure să facă ceva ce nu îi stă în fire. Ea a pus rămășag cu mai mulți locuitori ai pădurii că iepurelui îi este frică să strige: ,,Trăiască libertatea! Jos tirania!”.

Spre surprinderea gaiței, iepurele a dat dovadă de curaj și a început să strige cât îl ținea glăsciorul: ,,Trăiască libertatea! Jos tirania!”.

Desigur, mândrul leu s-a simțit ofensat și a chemat degrabă consiliul, sfatul său, alcătuit din cele mai puternice și deștepte animale. Sfetnicii au hotărât, pe dată, că, pentru acest afront adus regelui, iepurele trebuie să fie condamnat la moarte.

Văzând că lucrurile au scăpat de sub control, gaița a cerut voie să vorbească și a intervenit în adunare:

- Mărite rege! Înainte de a da sentința și a trimite o ființă plăpândă și fără minte pe lumea cealaltă, i-aș ruga pe înțelepții care alcătuiesc sfatul să ne spună ce este libertatea.

Leul a fost de acord și înțelepții au răspuns pe rând: ,,Libertatea este totul"; ,,Libertatea este un concept"; ,,Libertatea este un dar divin"; ,,Libertatea!? Habar nu am ce reprezintă"...

Gaița interveni din nou atunci cu mult curaj:

- Onorată adunare! Întrucât înțelepții nu au ajuns la o înțelegere cu privire la ce înseamnă libertatea, pare de la sine înțeles că se vor încurca și dacă îi întreb: ,,Ce înseamnă tirania". Astfel eu consider că bietul iepure trebuie lăsat în pace. El voia să scape de tirania propriilor gânduri și trăiri, de aceea striga după libertate.

Leul a hotărât pe loc să nu i se aplice vreo pedeapsă iepurelui, iar pe gaiță a învestit-o cu rangul de sfătuitor regal.

Trăiţi ca oamenii liberi, dar nu ca şi cum aţi avea libertatea drept acoperământ al răutăţii, ci ca robi ai lui Dumnezeu (I Petru 2,16).

Vulturul și copacul cu mărgăritare

Vulturul trăia într-un copac cu mărgăritare. Din când în când, lua un mărgăritar în cioc și zbura cu el în locuri neștiute de nimeni. Invidioase, nevoie mare, pentru locul și rolul său privilegiat, mai multe păsări de pradă au pus la cale o revoltă. L-au atacat fulgerător pe vultur și au ocupat ,,palatul regal".

Curând, noii stăpâni ai copacului cu mărgăritare au constatat că pietrele prețioase nu le sunt de folos. Astfel au mers la vultur și i-au spus:

- Cât ai locuit în acest copac, părea că ești cu adevărat un rege al nostru și că mărgăritarele acestea aveau un rost. Dacă ne spui care este secretul tău, te vom lăsa din nou să locuiești în acest copac.

Vulturul răspunse:

- Dacă voi mă numiți rege, atunci ar fi bine ca măcar de acum încolo să-mi arătați mai mult respect și mai multă supunere. La marginea pădurii trăiește un vânător. Din când în când, eu luam un mărgăritar și îl duceam acestuia. Apoi vânătorul mergea cu mărgăritarele la piață și își cumpăra hrană sau cele de trebuință pentru gospodărie. Astfel l-am împiedicat ani de zile să vină aici mai adânc în pădure și să ne vâneze. Cu aceste mărgăritare am cumpărat liniștea acestor locuri.

Muți de uimire, atacatorii și-au plecat capul în fața vulturului, în semn de respect, considerație și supunere.

Dar cei ce nădăjduiesc întru Domnul vor înnoi puterea lor, le vor creşte aripi ca ale vulturului (Isaia 40,31).

Leul și supușii săi

Leul avea în consiliul său, ca sfetnici și ajutoare, șase dintre cele mai puternice animale. Ursul, hiena, lupul, pantera, rinocerul și crocodilul erau sfătuitorii de seamă ai leului. Aceste animale erau chemate la sfat, ori de câte ori trebuia judecată o pricină în pădurea seculară. Cei șase sfetnici ai leului, cam lingușitori de fel, își făcuseră un obicei și tot spuneau: ,,Mărite rege, te iubim până la moarte și dincolo de ea!".

Sătul să audă aceste vorbe, leul s-a prefăcut într-o zi că este mort. Cei șase sfetnici au constatat că leul nu mai sufla, nu mai mișca și au început să comenteze...

Ursul zise:

- Așa pierdere!!! Ce ne vom face?

Hiena zise și ea:

- Ei, o să ne fie greu fără rege!

Lupul adăugă admirativ:

- Felul lui de a conduce!...

Pantera sublinie:

- Grația lui de neînlocuit...

Rinocerul întrebă:

- Cine îl va înlocui?

Crocodilul se lamentă și el:

- Of! Vai! Ne trebuie un înlocuitor...

Maimuța - care, din treacăt, auzise tot ce s-a spus despre ,,moartea” leului - se adresă tuturor:

- Vă văitați degeaba, înțelepților! Ipocriților! Nu ne trebuie niciun înlocuitor. Pur și simplu ne descurcăm noi și fără el.

Șocându-i pe cei prezenți, leul se trezi din somnul autoindus și puse punct discuției, zicând:

- Iubiți sfetnici, am văzut cât sunteți de prefăcuți, cât sunteți de lingușitori. Puteți să plecați care încotro. De acum încolo, eu nu mai am nevoie de sfat, de consiliu. Și culmea!...Am trăit să o văd și pe asta! Singurul punct de vedere corect, a fost cel al maimuței.

Groaza pe care o insuflă regele este ca răcnetul leului; cel ce îl întărâtă păcătuieşte împotriva sa însuşi (Pildele lui Solomon 20,2)

Melcul și fetița

Un melc își ducea traiul de zi cu zi, în curtea unei familii liniștite, pe o bucată mică de gazon, nu departe de un mușuroi cu furnici. Până când, o vrabie veni și îi spuse:

- Hei, prietene! Vezi că stăpânul și-a pus în gând să taie iarba. E timpul să te muți de aici.

Melcul spuse:

- Am trăit foarte liniștit aici, vreme îndelungată. Nu am să plec! Ce se va întâmpla, se va întâmpla!

Stăpânul casei vorbise cu fetița lui și făcuseră o învoială. Fata urma să primească o sută de dolari, dacă tunde toată iarba din curte.

Astfel, într-o dimineață, fiica stăpânului a luat mașina de tuns iarbă și s-a pus pe treabă. Când a terminat, s-a dus la tatăl său. Acesta a ieșit să vadă cum și-a îndeplinit sarcina fetița, dar fu dezamăgit să constate că ea lăsase netuns un pătrat măricel de iarbă. A intrat în casă și a spus:

- Fiica mea! Nu o să primești niciun ban. Deoarece trebuie să înveți să duci treburile până la capăt.

Fata nu a spus nimic și s-a dus să-și facă temele.

Ceva nu îi dădea pace tatălui și s-a dus să inspecteze peticul de iarbă cu pricina, cel lăsat netuns. A văzut atunci bietul melc, chiar în mijlocul pătratului, iar la marginea suprafeței cu iarbă, mușuroiul de furnici. A înțeles atunci că fetiței i-a fost milă să strivească firavele viețuitoare cu mașina de tuns iarbă.

A intrat în casă și, cerându-și iertare, i-a dat fiicei sale dublul sumei promise, înțelegând că dragostea ei pentru natură este mai presus de bani.

Lăsaţi copiii şi nu-i opriţi să vină la Mine, că a unora ca aceştia este împărăţia cerurilor (Matei 19,14).

Corbul cel milos

După ce vulpea a furat prin șiretlic mâncarea mai multor animale, ea a fost izgonită din pădure. Era deja cunoscută întâmplarea prin care vulpea i-a furat corbului ditamai roata de cașcaval, atunci când l-a pus să deschidă ciocul, provocându-l să cânte.

Consiliul animalelor s-a reunit și vulpea a fost izgonită. Dar ce să vezi!?...Animalele care locuiau la marginea pădurii au observat că vulpea trăiește bine, este grasă și plesnește de sănătate.

Consiliul animalelor s-a întrunit pentru că acest lucru părea de necrezut, ca vulpea să plesnească de atâta bunăstare. S-a aflat astfel că vulpea avea un prieten secret care îi tot ducea mâncare. Pentru a pune capăt zarvei și agitației, corbul a luat cuvântul:

- Onorată adunare! Este adevărat că vulpea mi-a furat, acum ceva timp, bucata de cașcaval și merita să fie alungată. Însă atunci când mi-a furat-o, mi-a promis că îmi va da lecții de cântat. Când am căutat-o, la marginea pădurii, am văzut că este înfometată. I-am dat de mâncare, iar ea s-a ținut de cuvânt. Chiar mi-a dat lecții de cântat.

Astfel vulpea s-a reabilitat și a fost primită din nou în pădure.

Mila şi adevărul să nu te părăsească; leagă-le împrejurul gâtului tău, scrie-le pe tabla inimii tale (Pildele lui Solomon 3,3).

Cocoșul, măgarul și cucuveaua

Cocoșul obișnuia să spună celorlalte animale:

- Să-mi mulțumiți zilnic. Dacă nu aș cânta eu în fiecare dimineață, soarele nu ar apărea pe cer.

Sătul de lăudăroșenia cocoșului, măgarul i-a spus:

- Știi ce! Uite, așteptăm dimineața și atunci nu mai cânta! Apoi vedem ce se întâmplă.

Zis și făcut. Cei doi așteptară dimineața. Când fu primul semn că răsare soarele, măgarul scoase trei răgete puternice. Apoi se făcu dimineață.

- Iaca vezi, zise măgarul. Nu tu aduci dimineața. Ci eu, cu răgetele mele...

Cocoșul s-a supărat, s-a îmbufnat și de atunci nu a mai vorbit cu măgarul vreodată. În schimb, s-a împrietenit cu o cucuvea lăudăroasă, care credea că, desigur, luna nu apare pe cer decât atunci când cântă ea.

Nu este frumoasă lauda în gura păcătosului, că nu este de la Domnul trimisă lui (Ecclesiasticul 15,9)

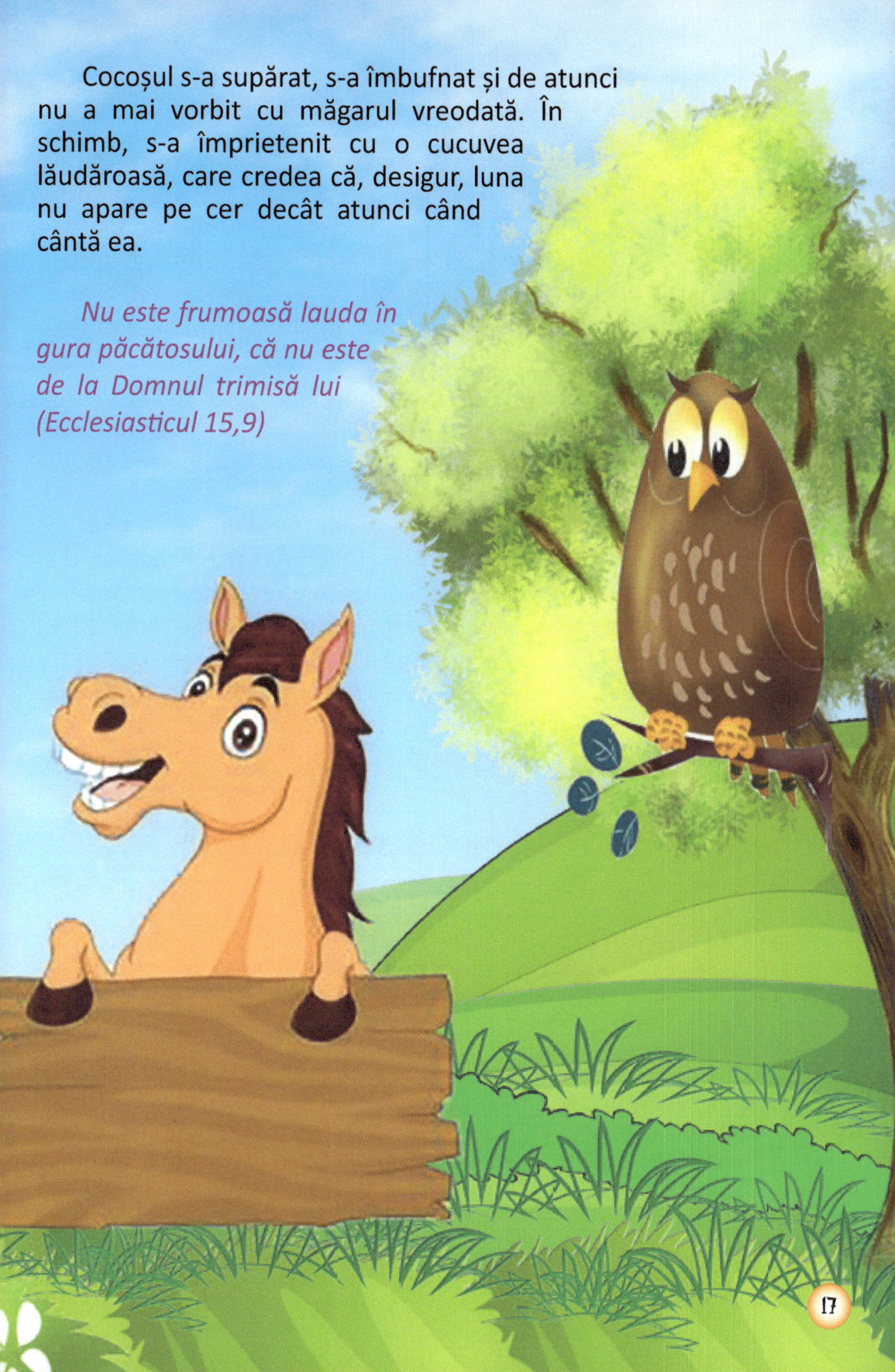

Elefantul și furnica

După cum se știe, elefantul s-a speriat odată zdravăn de un șoricel și i-a luat frica. Astfel el a început să pășească, prin pădurea seculară, destul de atent, ca nu cumva să calce din nou pe un șoricel și să se sperie de moarte. În mersul său precaut, totuși, călca sub tălpile sale mari și grele, peste vietățile mici cum ar fi: furnicile, râmele sau gândacii. Azi așa, mâine așa, până, într-o zi, când regina furnică l-a luat la întrebări:

- Hei, cumetre elefant! Aș dori să aflu de ce ne ignori? Și noi, furnicile, suntem niște ființe! De ce ne calci în picioare? Dacă nu ne-ai vedea, am putea să-ți găsim o scuză, dar așa!?...Ai cumva nevoie de ochelari?

Elefantul, cam îngâmfat de felul lui, nu prea avea chef de vorbă. El se credea mare, maiestuos, inteligent și aproape cel mai puternic animal. Cum să dea el socoteală unei biete furnici!?...

- Știi ce! continuă furnica. Te crezi mare, puternic și invincibil, dar nu e deloc așa. De la un capăt la altul al pădurii s-a auzit că te-ai făcut de râs și te-ai speriat de un șoricel. Apoi îți mai spun ceva!

Cât ești tu de mare, dacă ți se înmoaie un picior sau te împiedici, cazi. Or, noi furnicile, nu cădem niciodată. Și dacă te crezi cel mai puternic, eu aș zice să te mai gândești! Noi furnicile putem căra o greutate de 20 de ori mai mare decât greutatea proprie. Tu poți căra oare, în spate, 20 de elefanți?

Elefantul mai că ar fi zis ceva, dar își înghiți cuvintele.

- Dacă ai avea mai multă minte, ai înțelege că, numai dacă dau un simplu ordin, pot chema mii de furnici războinice. Te putem doborî, cât ești de mare! Dar vezi tu!...Creatorul ne-a dat nouă, furnicilor, nu numai putere, ci și înțelepciune, încheie furnica.

Elefantul se scutură ca după un vis urât și se hotărî, pe dată, să fie mult mai atent, pe unde calcă, atunci când străbate pădurea.

Du-te, leneşule, la furnică şi vezi munca ei şi prinde minte! (Pildele lui Solomon 6,6)

Vulturul și țăranul

Un vultur care își învăța puiul să zboare avu parte de o întâmplare nefericită. Un țăran care deținea o pușcă de vânătoare i-a zărit, i-a ochit, a tras asupra lor și a ucis puiul de vultur.

Țăranul nu fu prea mândru de fapta sa, deoarece și-a dat seama că a făcut ceva rău. Zile întregi, după aceea, vulturul a survolat gospodăria țăranului. Acesta dorind cumva să-și repare greșeala, îi punea grăunțe vulturului într-un bol, nu departe de coteţul găinilor. Într-o noapte, gospodarul a visat un vultur, care vorbea cu glas de om. Vulturul i se adresă:

- Ştii ce domnule! Cu o singură faptă bună, nu poţi plăti fapta urâtă şi rea pe care ai făcut-o. Şi mai ţine minte ceva! S-a mai văzut vultur care să moară de foame, dar vultur care să mănânce grăunţe, lângă poiata găinilor, nu s-a văzut vreodată.

Cum ai făcut aşa ţi se va face; fapta se va întoarce asupra ta (Avdie 1,15).

Şoarecele nemulţumit

Un șoricel suferea din cauza fricii. Se considera mic și neajutorat și îi era frică de tot și de toate. Unui vrăjitor i s-a făcut milă de el și l-a transformat într-o pisică. Lucrurile nu s-au schimbat, deoarece, șoricelul, transformat de acum în pisică, a început să se teamă de câini.

Văzând aceasta, vrăjitorul l-a transformat în câine. Pe șoricel nu l-a părăsit frica nici de data aceasta, deoarece a început să îi fie frică de oameni. Vrăjitorul l-a transformat din nou și, devenind om, șoricelul nostru a început să se teamă de oamenii mai înalți, mai puternici decât el.

În cele din urmă, vrăjitorul l-a transformat pe nemulțumitul animăluț în ceea ce era, de fapt. Șoricelul a devenit din nou... șoricel. De unde putem înțelege că în orice te-ai schimba sau oricum te-ai transforma, inima, mintea și spiritul tău rămân aceleași.

Iar nădejdea celui nemulţumitor se va topi ca gheaţa de iarnă şi se va scurge ca o apă nefolositoare (Înțelepciunea lui Solomon 16,29)

Furnica și greierele

Întrucât cunoștea obiceiul greierelui de a nu face mai nimic toată ziua, furnica se hotărî să îi ducă de mâncare acestuia, zilnic. Din păcate, furnica nu a putut diversifica ,,meniul" greierelui și îi ducea, zi de zi, firimituri de pâine.

La început, greierele îi mulțumea furnicii pentru acest gest. După o vreme a uitat să-i mulțumească, deși primea zilnic hrană. Într-o zi, greierele a izbucnit:

- Oh, nu! Nu din nou firimituri. Nu mai pot!

Furnica răspunse:

- Știi ce!? Dacă ești nemulțumit, du-te singur și caută-ți de mâncare!

Greierele răspunse:

- Acest lucru nu se va întâmpla. Este mai ușor să stau așa degeaba, să aștept să văd ce îmi aduci și apoi...să comentez.

Obiceiul acesta de a fi nemulțumit, chiar și atunci când primești ceva, probabil că greierele l-a învățat de la oameni.

Leneşul se crede înţelept în ochii lui, mai mult decât şapte sfetnici înţelepţi (Pildele lui Solomon 26,16)

Vulpea și capra

Într-o zi, vulpea, neatentă fiind, a căzut într-o groapă săpată de vânători. A început să facă salturi, dar nu reușea sub nici un chip să iasă din capcană. Pe acolo, trecu capra, care începu să râdă în hohote de pățania roșcovanei:

- Hei, cucoană vulpe! Mi se pare mie sau ai căzut într-o groapă făcută de vânători? Ha, ha!

Vulpea imediat se gândi la un șiretlic și spuse:

- Nu am nicio problemă să ies din această groapă. Îți pot demonstra chiar acum. Dar mai înainte, ia spune-mi: În ultima vreme, tu ai mai văzut ochiuri de baltă sau apă prin pădure?

Capra răspunse:

- Nu! N-am văzut! Este secetă de luni de zile...

- Păi, vezi! spuse vulpea. Eu te poftesc aici, lângă mine, în groapă. Am găsit apă limpede și rece. Îmm...O auzi cum clipocește?

Capra cea credulă se aruncă în groapă, iar vulpea sărind pe spinarea cornutei a reușit dintr-un singur salt să iasă de acolo.

Viclenii mută hotarele ţarinilor, fură turma de oi cu cioban cu tot (Iov 24,2)

Șoricelul de oraș și șoricelul de țară

Într-o zi, șoricelul de oraș s-a gândit să-l viziteze pe verișorul său, un șoricel care locuia la țară. Când a venit vremea cinei, șoricelul de țară i-a oferit musafirului său câteva boabe de fasole și o bucată cam rânced de șuncă. Șoricelul de oraș a plecat de la verișorul său destul de repede, fiind nemulțumit de mâncarea ce i-a fost oferită.

A urmat apoi vizita șoricelului de țară, la oraș. Plin de emfază, șoricelul de oraș l-a introdus pe verișorul său într-o bucătărie a

unui om bogat. Acolo erau platouri mari cu jeleu, prăjituri pufoase și multe alte feluri de mâncare. După ce s-au ghiftuit, cei doi au încercat să iasă prin găurile prin care intraseră, dar...ce să vezi?! Din cauza burților prea pline, cei doi au rămas captivi.

Și ca povestea să fie și mai interesantă, dintr-o dată, simțind prezența îmbuibaților, prin ușa specială dinspre bucătărie, a intrat...pisica. Deși cam leneșă, aceasta avu parte de o dublă pradă ușor de obținut și de devorat.

Vedeţi şi păziţi-vă de toată lăcomia, căci viaţa cuiva nu stă în prisosul avuţiilor sale (Luca 12,15)

Maimuța și crocodilul

O maimuță deșteaptă era prietenă cu un crocodil cam prostănac. Maimuța trăia în copacii de la marginea unei ape și aduna fructe pe care le împărțea cu crocodilul. Soția crocodilului nu suporta fructele; ea ar fi dorit să mănânce doar carne. De aceea, s-a prefăcut că este bolnavă. Văzând aceasta, crocodilul a întrebat-o:

- Ce aș putea face ca să te simți mai bine, draga mea!

Soția crocodilului spuse:

- Dacă vrei să fiu din nou sănătoasă, să îmi aduci inima maimuței, să o mănânc!

Crocodilul cel fără minte a chemat-o pe maimuță și i-a spus să se urce pe spinarea lui, apoi s-a avântat în apă. Când se îndreptau, plutind în larg, spre soția cea uneltitoare, crocodilul cel prostănac se dădu de gol:

- Știi, soția mea s-a săturat de fructe și m-a trimis după inima ta. Așa mi-a spus că se va face sănătoasă!

Maimuța spuse:

- Păi în acest caz, trebuie să ne întoarcem, deoarece mi-am uitat inima acasă.

Crocodilul a făcut cale întoarsă, iar maimuța făcând un salt spre mal a scăpat nevătămată.

De atunci, prostănacul verzuliu a rămas și fără prietena maimuță și fără soția crocodil. Cât despre fructe, neam de neamul crocodililor nu s-a mai atins de acestea vreodată.

Ca o casă în ruine este înţelepciunea prostului, şi ştiinţa nebunului, cuvinte fără rost (Ecclesiasticul 21,20)

DE ACELAȘI AUTOR:

www.ingramcontent.com/pod-product-compliance
Ingram Content Group UK Ltd.
Pitfield, Milton Keynes, MK11 3LW, UK
UKHW061025310726
14090UKWH00023B/100

* 9 7 8 6 0 6 9 5 4 1 5 0 0 *